# Der Herrscher zu Tische

Vlad Stanomir

Bukarest
19. Oktober 1979

Deutsch von Gheorghe Stanomir

Die Deutsche Nationalbibliothek verzeichnet diese Publikation in der Deutschen Nationalbibliographie; detaillierte bibliografische Daten sind im Internet über http://www.dnb.de abrufbar.

© Copyright: Verlag Menschin

Alle Rechte vorbehalten.

© der deutschen Ausgabe: Verlag Menschin,
D-68199 Mannheim, Februar 2023
Cover und Satz: Obada Al Syah, Mannheim; Barbara Metzler, Langenargen

Erste Auflage



www.menschin.com

ISBN 978-3-944126-33-3

„...es sind keine Dokumente erhalten geblieben, die seine Existenz mit Sicherheit belegen könnten. Von ihm erzählen nur Volkslieder, Balladen und Geschichten. Mal Axi genannt, dann wieder Arix oder Ax, erscheint der legendäre Rebell immer wieder in der gleichen Gestalt eines städtischen Raubritters auf Dachböden oder in Kellern der Großstadt versteckt, immer mit einer Meute von Verfolgern auf den Fersen. In die Enge getrieben, in die verzweifeltste Lage gebracht, überlebt er jedes Mal dank seiner Kühnheit und der Entschlossenheit, mit der er scheinbar unrettbar verlorene Stellungen verteidigt. Heftig und grausam, hartnäckig und tapfer kämpft er bis zum letzten Atemzug mit den blanken Fäusten und nicht nur einmal, so die Lieder. Ein ungleicher Kampf, voller Grausamkeit. Trotz der Sympathie, die die Volksdichtung ihm entgegenbringt, sollte es diese Gestalt wirklich gegeben haben, so hat sie nichts weiter getan, als die Dinge durcheinander zu bringen. Die Darstellung der Lieder zeigt deutlich, dass er immer auf eigene Faust gehandelt hat, als Einzelgänger, unabhängig von einer organisierten Opposition. Im Gegensatz zu Widerstandsformen, die sich geeignet hätten, das Volk hinter der Idee der Opposition zu vereinen, weit davon entfernt, die geschichtliche Tragweite zu begreifen, den historischen Kontext zu bedenken und Tatsachen einigermaßen zu erwägen, hat Arix sich einzig von einem wahnsinnigen, aufrührerischen Instinkt leiten lassen. Sein reales oder fiktives Erscheinen ist genau das Gegenteil vom Typen des einfachen, untertänigen und ängstlichen Menschen, der sich nur mit den alltäglichen Kleinigkeiten beschäftigt…"

# LITCOW ZU SICH

Es ist schlimm, schlimm… Wenn sich das Wetter nicht bessert, wird es schlimm. Es regnet seit zwei Wochen. Es regnet unaufhörlich. Der Himmel ist bedeckt von einem Ende des Landes bis zum anderen. Und das macht den Fürsten verrückt, es treibt ihn zur Verzweiflung. Er verträgt die Feuchtigkeit nicht, er ist unter einem Feuerzeichen geboren, ein wolkiger Tag setzt ihm schlimmer zu als das Fieber. Es ist doch die Höhe, so ein großes Land und kein Fleckchen heiterer Himmel. Die Schlechtwetterfront erstreckt sich über hunderte von Kilometern und dreht sich wie verrückt auf der Stelle. Kein Riss in den Wolken, kein Sonnenschein. Mit den Meteorologen kann man sich nicht verstehen. Keiner wagt es, mir die Wahrheit zu sagen, damit ich wenigstens weiß, was zu tun ist, welche Maßnahmen zu treffen sind. Die Angst ist ihnen in die Knochen gefahren und sie versprechen jeden Abend, dass es morgen besser wird. Irgendetwas stimmt an diesem System nicht. Dass die Menschen unterwürfig sind, ist schon gut, doch jetzt brauche ich einen Fachmann, der mir die Lage genau erklärt. Es ist nicht ihre Schuld, dass es regnet. Ich werde sie deswegen nicht aufhängen, oder? Wie dumm, sie zittern vor Angst und verstecken sich hinter ihren Isobarenkarten, von denen man nichts verstehen kann. Und Seine Majestät liegt wie krank, seit drei Tagen hat er das Bett nicht verlassen. Die Knochen schmerzen ihm, er hat Seitenstechen, ist ganz zerknittert. Er isst kaum noch… Er ist jetzt zahm und kränklich, doch weiß ich ganz genau, dass er auch anders kann. Wenn er in Rage gerät, wird es gefährlich. Er spuckt, beißt und wirft einem alles nach, was er in die Hände bekommt. Nehmen wir an, er setzt mich ab… Na ja, halb so schlimm, allzu tief falle ich nicht. Doch was wird aus ihm ohne mich? Selbst ich kann ihn kaum mäßigen. Je älter er wird, desto unberechenbarer, unvernünftiger wird er. Zwar hat er eine starke Persönlichkeit, eine besondere Ausstrahlung, er hat Erfolg, doch das genügt nicht. Im Lande ist es ruhig, es gibt kaum Probleme, die Menschen rühren sich nicht, doch weiß ich ganz genau, wie empfindlich dieses Balancieren ist, wie ein Seiltanz, ein falscher Schritt und weg bist du… Man muss mit Feinheit agieren, dass ist die ganz hohe Kunst. Fehler sind nicht erlaubt. Nun… was soll ich tun, wie soll ich mich verhalten? Ich habe den Fürsten im Kellergeschoss untergebracht, wo keine Fenster sind, damit er den Himmel nicht sehen kann. Aber der Fürst spürt das schlechte Wetter, er fühlt es. Würde sich der Himmel wenigstens bei Nacht klären, könnte er gut schlafen. Doch so wühlt er im Bett, dreht sich ständig von links nach rechts und von rechts nach links. Kein Fleckchen heiteren Himmels im ganzen Land, so ist es nun mal. Ich könnte es versuchen, ihn mit einer aparten Frau zu ermuntern, aber das wage ich nicht, ich wage es nicht… Wie es auch sei, das Wetter kann nicht ewig so bleiben. Es muss sich bessern… es wird sich bessern. Ein bisschen Sonne und alles wird besser. Ich organisiere einen Ausflug ins Grüne, irgendwo auf einen Berg. Natur pur mit Grillen und Fröschen, Landwirte bei der Feldarbeit werden in der Nähe sein, er wird sich mit ihnen unterhalten und Hände schütteln, vielleicht selbst Kartoffeln herausbuddeln. Er liebt es, selbst geerntetes Gemüse zu essen, Brennholz selbst zu sammeln und Feuer anzufachen. Nur eins, es muss sonnig sein…

DER FÜRST ZU DEN OFFIZIEREN

Welche Zeitverschwendung, meine Herren Offiziere, welcher Zeitverlust… Ausflüge ins Grüne sind das Allerletzte, was wir jetzt brauchen! Diesen ganzen Haufen von Beratern werde ich einfach nicht los. Litkow, Krampf, Ergov und Iachi… alte, verkalkte Knacker. Litkow ist der Übelste unter ihnen, bestimmt stammt diese dumme Geschichte mit dem Picknick von ihm. Wieso erwischt ihn die Grippe nicht, ich höre, es grassiert eine schlimme Erkältungswelle… ha, ha, ha… Meine Herren, ich hoffe, mit Ihnen kann man sich vernünftig unterhalten. Ich hoffe, Sie kommen mir nicht mit diesem Unsinn vom „sozialen Gleichgewicht" oder wie man es sonst nennt. Ich versuche es euch zu erklären: Hier ist kein Platz für Theorien! Die Macht lässt sich nicht mit philosophischen Fädchen oder durch langes Gerede stricken. Die Macht ist eine ganz pragmatische Angelegenheit. Entweder zeigt man seine Machtposition und dann hat man die Macht oder man kann gleich verschwinden. Lassen Sie uns diese Partie zu Ende spielen, wir haben es in unseren Händen. Eine einzigartige Gelegenheit, den Feind zu Boden zu werfen. Es liegt viel an euch, ihr dürft keinen Fehler machen! Einige von Ihnen würden gerne Arix erschießen und heimlich begraben, damit die ganze Sache ein Ende hat. Nein, bitte! Das wäre keine gewonnene Partie, sondern nur eine verschobene, und die Gelegenheit käme nie wieder. Für einen wie ihn ist der Tod eine Nebensächlichkeit. Hier geht es nicht um einen Menschen, der sein Leben lässt, sondern um etwas ganz anderes. In ihm hat sich Stück für Stück jedes bisschen Opposition angestaut, das in jedem Einzelnen unserer Untertanen lag. Es hat sich angestaut und zu einer ziemlich großen Kraft entwickelt, das müssen wir zugeben. Ja, und da liegt es! Wird er zum Märtyrer, so ist das Spiel verloren. Das Fleisch, also der Mensch, verschwindet, doch die Kraft kehrt zurück, wo sie hergekommen ist, zu den Untertanen also, zu unseren Untertanen, mit etwas mehr Furcht, aber auch mit mehr Verbitterung, mehr Hartnäckigkeit. Und welche Hartnäckigkeit! Das muss um jeden Preis verhindert werden! Ich weiß, ich weiß, es gibt genug Holzköpfe unter euch, die das nicht verstehen wollen. Es wäre demnach viel einfacher, ihn in einen Keller einzusperren und ihn in die Enge zu treiben, bis er nachgibt. Auch hier würde nur das Fleisch verdorben werden. Außerdem könnte ich wetten, dass er nicht nachgibt. Sein Inneres müssen wir zerstören, dort wo die Kraft sich geballt hat, dort müssen wir zuschlagen: in der Seele, damit nichts übrig bleibt, was zum Volke zurückkehren könnte. Zeigen wir ihm tropfenweise, wie verloren seine Sache ist, und zeigen wir es allen, damit wir danach Ruhe haben. Kurz, ich habe vor, seine Seele zu fressen, und, bitte nicht lachen, ja, hole mich der Teufel, ich werde es im wörtlichen Sinne tun.

….ist es eine Sache von Mut, von Frechheit oder du benimmst dich wie ein unvernünftiges Kind. Du bist reif genug, gebildet genug um zu verstehen… Mensch, Mensch, es ist gar nicht gut, was du getan hast. Herrgott noch mal, du hättest es vorsichtiger machen können. Es verlangt niemand von dir, dass du ihnen in den Hintern kriechst, es ist auch richtig, dass du nicht buckeln willst, dass du in deinen eigenen Augen aufrichtig bleiben willst. Doch musstest du derart auf den Putz hauen? Du hättest irgendeine Ausrede finden können, du seiest krank, du hättest ein Familienproblem, du könntest nicht an der Parade teilnehmen. Oder du hättest sagen können „ich bin dabei, ich mache mit" und wärst einfach nicht hingegangen. Sie hätten dich als unzuverlässig abgetan, wie so viele andere. Es ist wichtig nicht aufzufallen, verstehst du das nicht? Es ist wichtig, in der Menge versteckt zu bleiben. Doch du, du bist immer schlauer als andere! Du musstest ihnen trotzen, du musstest laut verkünden, dass du NICHT MITMACHEN WILLST! Und auch das hat dir nicht gereicht, du musstest es erläutern. Du seiest im Betrieb als Ingenieur tätig und laut deinem Arbeitsvertrag bist du nicht verpflichtet, zur Belustigung des Fürsten den Bauern zu spielen. Mehr sogar, du seiest mit der ganzen Sache nicht einverstanden, es sei ein Fake. Schön, du hast dich als starker Mann gefühlt, als du ihnen all dieses ins Gesicht gesagt hast, als du gesehen hast wie bleich sie wurden, wie sie vor Wut erstickten. Sie konnten dir nicht widersprechen und du hattest ein kleines Siegesgefühl. Wer sich aufregt, ist der Verlierer und denen ist die Galle hochgekommen. Ehrlich gesagt, freut mich die Sache auch, ich empfinge auch dieses Gefühl der Genugtuung, dass jemand den Mut gefunden hat, es ihnen ins Gesicht zu sagen. Doch hier geht es um dich. Und dir hast du sehr Schlimmes angetan. Glaube nicht, dass so etwas vergessen oder vergeben wird. Du hast dich selber gebrandmarkt und dieser Makel wird bleiben. Noch kannst du das nicht erkennen, du hast keine Familie, keine Verantwortung. Du lebst von dem, was du verdienst. Doch die Jahre werden vergehen, du wirst dich etwas anpassen müssen, du wirst auch nach oben kommen wollen. Wenn du Kinder ernähren musst, wirst du die Dinge anders sehen. Die menschliche Gesellschaft ist starr, taub und handelt formal. Du kannst denken, was du willst, aber benehmen musst du dich, so wie man es von dir verlangt.

EINER DER SOLDATEN ZU SICH SELBST

Ich bin ganz steif geworden, verfluchter Mist, verfluchter Militär-
dienst! Ich habe nur noch 20 Tage, dann werde ich entlassen.
Doch werde ich diese 20 Tage überleben? Was? Erlebe ich noch
den morgigen Tag? Das ist die Frage. Eine Bewegung und der
Hund hat mich abgeknallt. Er ist nur ein paar Schritte entfernt
und hat nur noch drei Kugeln in seiner Pistole. Nur drei Kugeln,
sagt der Feldwebel, als ob eine einzige nicht ausreichend wäre.
Er ist ein schlechter Schütze, sagt der Feldwebel immer, doch
ich habe gesehen, wie er schiesst: eine Kugel, ein Mann. Er zielt
nur auf den Kopf, als wäre er ein tollwütiges Tier. Einen Kamera-
den hat er aus fünfzig Metern Entfernung getroffen. Und so was
nennt man „schlecht schießen". Für den Feldwebel ist es leicht
zu urteilen, er ist in Deckung, außerhalb der Schussweite, und
erteilt Befehle: „Auf keinem Fall sollt ihr ihn verletzen! Auf keinen
Fall in seine Richtung schießen! Das ist ein Befehl von oben, ihr
Holzköpfe! Ihr landet im Zuchthaus! Sollte ihn jemand von euch
verwunden, ja der soll sich lieber selber erschießen, als vor mir
zu erscheinen. Zwängt ihn ein und treibt ihn sachte zum Stadion."
Was für eine Schinderei! Es heißt, sie wollen ihn vor aller Augen
kastrieren, die Tribünen sollen voll sein und es soll ein Exempel
statuiert werden. Doch bis dahin muss ich unbeweglich und versteckt bleiben. Ich kann meine Beine nicht mehr fühlen, als hätte
ich kein Blut mehr, der Rücken tut mir weh und alles ist verkrampft.

Bewegen kann ich mich nicht, der erschießt mich sofort. Er ist aggressiv wie ein gehetztes Tier. Seit drei Tagen hat er weder gegessen noch geschlafen. Seit drei Tagen Lauer, Hetze, Rennerei. Er wird wohl nicht dumm sein, er wird schon bemerkt haben, dass ihm eine Falle gestellt wurde. Er sieht doch, wie viele wir sind, und dass er umzingelt ist. Er sieht doch, dass wir gezielt daneben schießen. Er wird schon erkannt haben, dass wir die Sache schon lange beenden könnten, es aber nicht tun. Wäre er klug, würde er sich eine Kugel in den Kopf jagen, dann wäre er erlöst und ich auch. Oder besser, jemand erschießt ihn versehentlich. Achtung! Aaaaachtung!!! Er ist in den Kanal gekrochen!!! Er darf nicht in die Hauptleitung gelangen, sonst ist er fort!!!! Looos!!!

…das ist unvernünftig! Wir sind keine Kinder und dies ist kein Spiel! Es ist nicht die richtige Zeit, Einfälle zu testen. Glaubt Ihre Majestät, wir hätten das Volk in der Hand, wir hätten ihm Zügel angelegt und könnten es nun lenken, wie wir wollen? Glaubt Ihr das? Habe ich Euch nicht so viele Geschichtsbücher zu lesen gegeben, die zeigen, wie schnell und unvorhersehbar Imperien und Herrscher stürzen? Habe ich Euch nicht das Schachspiel beigebracht, damit Ihr besser verstehen könnt, wie sich einzelne Kampfphasen ineinander verflechten? Meint Ihr, das sei Unsinn, was ich Euch erzähle? Wir werden untergehen, das ist der Unsinn. Und ausgerechnet jetzt, wo wir es fast geschafft haben! Wofür haben wir so lange Jahre gekämpft, wozu haben diese ganze soziale Maschine aufgebaut? Um sie jetzt mit den Füßen zu treten? Warum diesen Arix zum Stadion hetzen? Dort werden mehrere tausend Menschen anwesend sein, wagt Ihr es, mit Ihnen zu spielen? Es werden auch hunderte von Soldaten und Polizisten dabei sein, ja. Seid Ihr so sicher, dass sie auf unserer Seite stehen? In jedem Falle? Ich bekomme die Krise!!! Das Volk ist zehnmal gefährlicher als eine Bombe, weil man nie weiß, wann es zündet. Man weiß nicht wann, man weiß nicht wie, man weiß nicht, warum es zündet. Alle Ereignisse aus der menschlichen Geschichte beweisen das. Das Verhalten von Menschenmassen kann man nicht voraussehen. Ich bitte Euch, seid vernünftig und seht es ein. Ihr glaubt, eine besondere Macht über das Volk zu haben? Möglich ist es. Doch wie weit reicht diese Macht? Es hat auch andere Machthaber gegeben, die gerne mit dem Feuer gespielt haben. Sie haben es einmal getan, dann ein zweites Mal, dann wurden sie übermütig und dann war es aus. Seid Ihr stolz auf die Hochrufe und den Beifall? Fühlt Ihr Euch dadurch sicher? Ich bin ein alter Mann, hört auf mich! Sollte man Euch – Gott bewahre – am Marktplatz hängen, wird das Volk genauso applaudieren. Ihr meint, ich sei ein Dickschädel? Ich soll ein Dickschädel sein? Nein, nein. Die Sache mit Arix ist Euer persönlicher Ehrgeiz! Geht er Euch auf die Nerven? Mir auch! Doch gerade deshalb sollte man jetzt keinen Fehler machen! Ausgerechnet jetzt, wo alle Augen auf Euch gerichtet sind. Die Geschichte mit Arix hat sich im ganzen Land verbreitet, Millionen von Menschen erwarten die Schlussszene. Der Narr ist so eine Art Volksheld geworden. Wir müssen sofort die Sichtweise korrigieren. Wir müssen betonen, wie viele Soldaten er umgebracht hat, Familienväter, wie viele Kinder durch ihn Waisen geworden sind. Wir müssen ihn als Dieb, als pervers und verdorben darstellen. Die Verleumdung verfehlt ihr Ziel nie. Er ist homosexuell, stammt aus einer Familie von Dieben, von Zuhältern und seine Mutter… Doch Ihr hört gar nicht zu. Wie könnte ich Euch überzeugen? Wie könnte ich Euch das alles klarmachen? Wie oft soll ich es Euch es noch sagen: Es gibt nur einen einzigen Weg, das Volk einigermaßen im Zaum zu halten, der schmale Grat zwischen Gut und Böse, ein äußerst empfindliches Gleichgewicht, von größter

Feinheit, wie ein Seiltanz. Eine öffentliche Hinrichtung ist wie ein Orkan, er kann uns mit umstoßen. Polizei? Militär? Unsinn! Wenn sich die Menschenmasse in Bewegung setzen, kann sie auch der liebe Gott nicht aufhalten. Wir werden untergehen! Ihr werdet es sehen!

Merkwürdig, ich empfinde Genugtuung und Furcht zugleich. Sowohl das eine als auch das andere ist kindisch, vor allem die Genugtuung. Was soll das für eine Genugtuung sein? Ich war Sieger in einem Wortstreit. Sieger, weil ich mich weniger aufgeregt habe, oder besser gesagt, sie sind in Wut und Rage geraten, weil sie sich aufgeregt haben. Und ich hatte am Ende Recht. Eine kleinliche Genugtuung, kleinlich und doch hat sie mir in der Seele gut getan. Die jahrelang angesammelte Bitterkeit in meiner Seele war weg. Jahrelang stramm stehen, und man weiß gar nicht was tun, um es denen recht zu machen, und dennoch kriegst du immer einen auf den Deckel. Jahrelang vorsichtig auf den Fluren schleichen, um dem Chef nicht über den Weg zu laufen. Hochschrecken, wenn die Sekretärin dich zum Chef bestellt, bei jedem Unsinn zu nicken… Nun gut, diesmal war es umgekehrt, der Chef ist in Rage geraten, er hat vor Wut geschäumt und ich stand da wie eine zänkische Marktfrau. Er ist fast umgefallen als ich ihm gesagt habe: „ICH WILL NICHT. ICH BIN NICHT EINVERSTANDEN." Wie er die Augen aufgerissen hat! Wie er gezittert und geschwitzt hat! Eine Genugtuung und wahrlich, ich habe sie genossen. Ich bin nun mal ein einfacher Mensch und habe einfache Genugtuungen.

Ich bin nun mal nicht der Vernünftige, der alles kühl berechnet. Es war eine äußerst ehrliche Angelegenheit, viel Böses in der menschlichen Gesellschaft stammt daher, dass die Menschen Angst vor ihren Rechten haben, sie suchen ständig eine Verordnung von oben, bevor sie den kleinsten Schritt wagen. Eine eigene Meinung haben, das geht nur bei Familienstreitigkeiten. Auf Gesellschaftsebene gibt es nur Vorschriften und Anordnungen. Ehrlich wäre es, wenn man klare juristische Vorgaben hätte: per Gesetz MUSS ich sonntags den Bauern spielen, aber nicht, um zu ernten. So wäre es sinnvoll gewesen. Doch was erlebe ich, aus der Laune eines Jemanden heraus muss ich den Bauern spielen. Da es kein Gesetz gibt, liegt es an mir, ob ich dieser Forderung folge. Und ich WILL NICHT! Eindeutig! Und ich bin auch NICHT EINVERSTANDEN! Eine Sache der freien Meinung. Wo kämen wir hin, wenn wir keine Meinung mehr haben. Und wenn ich eine Meinung habe, was wird jetzt aus mir? Was kann passieren? Die Arbeitskollegen tuscheln untereinander. Mehrere haben mich ermahnt, Vernunft anzunehmen, mich zu verkriechen und still zu sein, bis Gras über die Sache gewachsen ist. Eine Dame hat mir vertraulich gesagt, ich werde es zu spüren bekommen. Was könnten sie mir antun? Ein dienstlicher Verweis? Schwer zu glauben, sie müssten es begründen, und das ist eine äußerst unangenehme Angelegenheit. Über so etwas spricht man nicht, und auf keinem Fall wird es aufgeschrieben, es könnte auch andere auf solche Gedanken bringen. Nun, was geschehen ist, ist geschehen, die Fakten kann man nicht zurückdrehen. Vielleicht sollte ich mich dennoch eine Zeit lang ruhig verhalten.

# DER HERRSCHER ZU DEN SOLDATEN

Unser Beißhund hat keine einzige Kugel mehr? Das ist nicht gut, das ist gar nicht gut. Noch hat er Ressourcen, noch hat er Kraft. Noch hat er Zähne und kann beißen, kann sich wehren. Wir aber müssen ihn bis zum letzten Tropfen ausschöpfen. Wir müssen ihn ausquetschen und dann werden wir ihn fressen. Ihr lacht, was? Wir werden ihn nicht ganz auffressen, wie die Kannibalen, nein, nur ein Stückchen, ein winzig kleines Stückchen, aber ein wichtiges, das wichtigste Stückchen an einem Menschen. Habt ihr von der Seele gehört? Ihr lacht? Ihr meint, die Seele gibt es nicht als Körperteil? Doch, doch, es gibt sie, ihr Dummköpfe! Nur muss man genau wissen wie, wann und wo… Also, mal schauen, er hat keine einzige Kugel mehr. Lassen wir einige liegen, in seiner Reichweite. Legt sie irgendwie auffällig hin, und bringt ihn dazu, sie zu nehmen. Ihr könnt aus den Kugeln etwas Pulver herausnehmen, damit sie an Schlagkraft verlieren. Wie man hört, habt ihr die Hosen voll… Zweihundert gegen einen, und dennoch habt ihr Angst. Er ist ein guter Schütze? Lasst ihn schießen! Tag und Nacht soll er schießen. Unaufhörlich. Und jetzt hört gut zu, was ich euch sage: wir müssen ihn erschöpfen, wir müssen ihn weich klopfen, wir müssen ihn weich machen. Er soll in seinem Ärger ersticken! Er soll einsehen, dass er keine Chance hat, er soll es fühlen, wie wir ihn verspotten, er soll dieses Katz-und-Maus Spiel wahrnehmen. Er soll verstehen, dass sein Bestreben keinen Sinn hat, gar keinen Sinn. So werden wir seine Seele fressen, vorläufig nur bildlich. Und eben fällt mir was ein: das alles ringsherum soll nicht nach einem Kriegsschauplatz aussehen. Das würde ihn ermutigen, er würde sich wie der Held in einem Drama fühlen. Nein!, gerade das will ich nicht! Also schafft ein friedliches Bild, eine alte Frau soll herumspazieren, Kinder sollen spielen und ein Arbeiter soll eine Bank oder einen Zaun anstreichen. Ein Eisverkäufer passt auch dazu. Da bin ich aber neugierig wie er das aufnimmt, das Volk, das er zur Revolte aufbringen wollte, ja, das Volk lässt es sich gut gehen, während er in einem Kellerloch seinen letzten Atemzug tut. Ich hoffe, er stirbt nicht, ich hoffe, er reißt sich zusammen und macht weiter, ich hoffe es aus ganzem Herzen, sonst war dieses ganze Theater umsonst. Lasst ihm etwas zu essen, etwas Nahrhaftes, mit vielen Vitaminen, doch etwas, was nicht schmeckt, etwas Saures…

Wenn der Mensch zu arm ist, verbittert er. Er verbittert und wird gefährlich. Der Hunger und die Verzweiflung nehmen ihm die Angst und jede Unterdrückung erreicht das Gegenteil, sie hetzt ihn auf. Eine blutige Herrschaft unter den heutigen Bedingungen hält keine zwanzig Jahre. Umgekehrt ist es noch schlimmer: wenn der Mensch aus dem Volk zum Wohlstand kommt, wird er immer unabhängiger und wir verlieren die Kontrolle. Er dreht uns den Rücken zu, wenn es ihm nicht mehr passt. Das Vermögen bringt ihm Bewegungsfreiheit, eine bürgerliche Klasse kontrolliert viele Wirtschaftszweige und damit schwindet unsere Macht. An der Grenze zwischen den beiden Zuständen gibt es ein neutrales Feld, eine neutrale Zone: der normale Mensch ist nicht arm genug, um gewalttätig zu werden und nicht wohlhabend genug, um unabhängig zu werden. Er hungert nicht, hat eine Unterkunft und ein Minimum an Behaglichkeit, an die er sich gewöhnt hat und die er behalten will. Um diese Behaglichkeit zu behalten, ist er bereit, Vieles zu tun, was er sonst nicht tun würde. Er ist von der Gehaltszahlung abhängig und wird feige. Mit etwas Verstand kann man diese Feigheit ausgezeichnet zur Kontrolle verwenden. Eine totale Kontrolle in allen sozialen Bereichen, eine ausgeglichene Politik, eine kraftvolle Propaganda erstarrt die gesellschaftliche Struktur zu unseren Gunsten. Wie ein Eisblock! Doch stabil ist dieser so genannte „Eisblock" beileibe nicht. Wir erleben es jetzt hautnah. Die Wutanfälle des Fürsten, die schweren Zeiten, die wir erleben, dazu kann ich euch nur eines sagen: Wir sind alle in einem Boot, und seine Exzellenz lenkt das Boot in eine Richtung, die keiner von uns kennt. Ich weiß nicht genau was in seinem Kopf vorgeht, ich weiß nicht genau was er vorhat. Es graut mir, nur daran zu denken. Das, was im Stadion vorbereitet wird, ist ein Pulverfass. Und der armselige Arix ist der Funke dazu. Wäre der Fürst ein vernünftiger Mensch, ein Intellektueller, dann wäre das System perfekt, obwohl… ein Intellektueller hätte den Aufstieg des Fürsten nicht schaffen können. Ich spekuliere umsonst… Vielleicht finden sie mich, meinen verehrten Herren, zu alt, verkalkt, rückständig. Vielleicht ist es so. Das Ende dieser Angelegenheit naht, den Fürsten kann man nicht mehr aufhalten. Mir wird nur der Trost bleiben, Recht gehabt zu haben. Und um auch euch zu trösten ein letztes Wort: der „Eisblock", den wir mit soviel Mühe zustande gebracht haben, wäre auch nicht für die Ewigkeit. Er hätte noch ein Jahrhundert überdauert, vielleicht auch weniger…

EIN PASSANT ZU EINEM ANDEREN (PASSANT)

Was meinst du zu all diesem?

EIN RANGHOHER OFFIZIER ZU SEINEN UNTEROFFIZIEREN

Diese Sache gefällt mir genau so wenig wie euch. Bloß ist es beim Militär so, und so wird es auch immer bleiben, ob es uns gefällt oder nicht. Also müssen wir durch! Die Gemüter sind erhitzt, packen wir es mit Bedacht an und versuchen es ohne zu großen Krach zu Ende zu bringen. Also, Folgendes ist zu beachten: Erstens, achtet auf jeden Soldaten, der aufgestellt wird. Doch bitte, nicht die schnelle Überprüfung, ein Blick in die Personalakte und fertig, ist er sauber und diszipliniert, fertig, er passt. Das, was uns bevorsteht wird hart sein, Gott bewahre, dass ein Rekrut durchdreht. Denkt daran, die Soldaten haben Maschinengewehre und scharfe Munition! Manchmal reagieren die Menschen unberechenbar. Sucht ausgeglichene Männer mit stabilem Gemüt aus. Es müssen mit jedem einzelnen Vorgespräche geführt werden. Sucht Veteranen, die schon einiges erlebt haben. Jüngere Soldaten nur zum Schein, bitte, ohne Waffen. Zwei die sich kennen nicht nebeneinander, fremde Gesichter wirken hemmend. Diejenigen, die für schwere Waffen ausgewählt wurden, sollen besonders genau überprüft werden. Unsere Psychologen sollen Stresstests entwickeln, Tests für unerwartete Situationen. Was auf uns zukommt, was genau der Fürst will, weiß niemand. Wir müssen alle Maßnahmen treffen und auf alles vorbereitet sein. Teilen Sie jedem Sektor der Tribüne Feuerwehrleute und Wasserschläuche zu. Die Schläuche unbedingt mit Selbstauslöser. Die berittene Polizei muss überall sein. In der Menge befinden sich Soldaten in Zivilkleidung. Und ja, das ist sehr wichtig: die Zuschauer sollen vermischt sein, auf keinen Fall kompakte Gruppen von Studenten oder Arbeitern; Frauen und Kinder müssen dazwischen sein, Rentner. Eine Abteilung soll sich um die genaue Platzierung der Zuschauer kümmern, es müssen feste Sitzplätze zugewiesen werden, und ein jeder muss an seinem Platz bleiben, keiner darf Freunde oder Kollegen aufsuchen. Mobile Wagen mit Essen und Getränken, aber kein Alkohol, das wäre wie Öl ins Feuer zu gießen. Das wäre es fürs Erste. Also Jungs, ran an die Arbeit! Dies ist ein Beruf wie jeder andere auch. Wenn man an alles denkt und alles beachtet, dann muss es klappen.

Ich befürchte, ich habe nicht mehr dieselbe Begeisterung wie noch vor einigen Tagen. Nein, ich habe mich nicht geändert, das wäre zu viel gesagt. Und Angst habe ich auch nicht. Dennoch ist es mir nicht mehr so wohl in meiner Haut. Fast jeder meiner Kollegen wollte mit mir ein vertrauliches Gespräch führen. Constantin, er arbeitet in meiner Gruppe, hat mich gebeten, ihm das ganze Gespräch mit der Unternehmensleitung Wort für Wort nachzuerzählen. Er hat sich den Bauch vor Lachen gehalten. Danach hat er mir gesagt, ich sei ein Narr und unheilbar verrückt dazu. Leon, ein anderer Kollege, hat mir gesagt, mein Verhalten wäre zwar so korrekt und ehrlich wie nur möglich, doch die Angelegenheit würde mich was kosten. Die Höhe war das Gespräch mit Annika: sie hätte aus einer sicheren Quelle gehört, man werde mich strafversetzen, irgendwo weit weg, wo man mich besser überwachen kann. Ich halte das für totalen Unsinn, doch nur die Tatsache, dass so etwas erzählt wird, stört mich. Es wäre viel gemütlicher gewesen, unbekannt in die Menge zu bleiben, mal da eine kleine krumme Sache zu drehen, mal hier eine verdeckte Frechheit rauszulassen. Jetzt muss ich mich sehr vorsichtig und sorgsam bewegen, meine Bewegungen werden bestimmt aus Genauste verfolgt. Wenn sie mich jetzt wegen irgendeiner kleinen Ungereimtheit erwischen, werden sie es mich spüren lassen. Na ja, ich habe es mir selbst eingebrockt. Kollege Ioan hatte doch Recht;

ich hätte der Aktion zustimmen müssen und dann einfach nicht hingehen sollen, so wie viele andere. Und die neue Aktion, mit dem Stadion, dabei hätte es genau so funktioniert... hätte... jetzt funktioniert es nicht mehr. Nun, jetzt ist es nunmal so. Diesmal werde ich hingehen und mitmachen. Ich tue es noch einige Male, bis die alte Geschichte vergessen ist. Wichtig ist, dass ich wieder in der Menschenmasse verschwinde. Es werden andere Probleme aufkommen und man wird mich vergessen. So ist es nun mal...

# EINER DER ATHLETEN ZU SICH

Ein neuer Sport, ein neuer Zeitvertreib… Du stehst vor diesem tollwütigen Arix, und lässt ihn auf dich einschlagen mit allem, was er hat und kann, mit den Händen und den Füßen. Und du grinst. Jawohl, genau das verlangt man von uns, wir sollen grinsen, wir sollen lachen. Er schlägt mit den Fäusten auf mich ein, und ich soll ihn auslachen. Man hat uns gesagt, er sei erschöpft, er könne kaum noch kriechen, er hat seit über zehn Tagen gar keine Ruhe mehr gehabt. Ich soll mir keine Sorgen machen, ich wiege 110 Kilogramm und er nur 70, auch sei er einen Kopf kleiner. Er habe bestimmt keine Faustwaffe dabei. Mag sein, er hat mir trotzdem die Lippe aufgerissen. Er hat mir ans Schienbein getreten wie der letzte Raufbold. Und ich soll grinsen… Ich hatte schreckliche Angst, er könnte mir in die Eier treten, aber anscheinend ist er doch ein Gentleman im Kampf. Hätte er es aber getan, na, da bin ich aber neugierig, wie man noch grinsen kann. Gott sei Dank ist meine Runde vorbei, der Junge ermüdet nicht; im Gegenteil, er wird immer wilder. Zwanzig Schwergewichte, so wie ich, umzingeln ihn, er sieht, dass wir ihn durch das Tor des Stadions drängen, doch er lässt nicht locker. Er fällt, beißt in den Boden, zieht tief Luft ein, und wenn er sieht, dass einer von uns sich ihm nähert, springt er auf und schlägt los. Er sieht, dass er umsonst schlägt, wir sind alle viel größer und schwerer als er, er sieht, dass wir grinsen, lässt aber nicht locker. Woher hat er die Kraft…?

…und siehe, der Augenblick ist da. Der Augenblick der Erfüllung unserer Mühe, und, warum sollten wir es nicht sagen, der Mühe unseres ehrgeizigen und vitalen Arix. Vielleicht wird Ihnen, meine Herrschaften, die Beschreibung „vital" etwas unpassend erscheinen, so wie er auf dem Rasen liegt, erschöpft, ganz am Ende, kraftlos. Er muss es nur noch schaffen, die wenigen Stufen bis zu dieser schönen, offenen Bühne zu klettern. Einige von Ihnen werden diese Bühne mit einem Schafott vergleichen. Das wäre aber falsch und voreilig. Diese Bühne ist ein Laboratorium. Ein Laboratorium für einen eigenartigen Versuch. Ein Versuch von außerordentlicher sozialer Bedeutung. Fundamental wichtig, weil es sich vor Ihren Augen abspielen wird, also mit Ihrer Teilnahme. Ja, es gab Widerstand gegen diesen Versuch, auch meine Berater waren dagegen. Es wundert euch vielleicht, dass meine Berater alle in Reih und Glied bei diesem Versuch anwesend sind, dass keiner von ihnen gerügt wurde. Mein Ehrgeiz und meine größte Freude ist es, ihnen – meinen Beratern – zu zeigen, wie viel ihre Theorie wert ist. Doch zurück zum Thema: Axi oder Ax, oder wie er auch immer genannt wird… Sie sehen hier Instrumente aus zwei verschiedenen Disziplinen, zwei Disziplinen, die scheinbar nichts verbindet, Gastronomie und Chirurgie. Sie sehen ebenso Spezialisten auf jedem der beiden Felder, die besten Köche und Professoren der Medizin. Diese Fachleute werden mir assistieren, das Werk werde ich selbst verrichten. Ich kann Ihnen versichern, ich habe in den letzten Tagen fleißig geübt und weiß, wie Skalpell und Schöpfkelle zu halten sind. Im Beisein der Medizinprofessoren werde ich des Arix' Brustkorb öffnen. Und was werde ich dort vorfinden? Die Seele, meine Herrschaften, die Seele…Sie lächeln? Es wurden doch so viele Anatomiebücher geschrieben, so viele Generationen von Ärzten haben den menschlichen Körper in kleinsten Stückchen zerschnitten und nicht die Spur von einer Seele gefunden. Sie haben ihn mit Ultraschall und Röntgenstrahlen durchsucht, unendlich lange darüber diskutiert, debattiert, ihn wieder und wieder studiert, und immer noch nichts gefunden. Und trotzdem, egal was die Schulmedizin sagt, die Seele gibt es, wir alle fühlen sie, hier im Brustkorb. Es gibt sie, aber wir können sie nicht finden? Dummheit! Man muss sie zwingen zu erscheinen! Auf sie einhacken, bis sie Gestalt annimmt. Mit Geduld und Ausdauer sie vergiften. Die Seele erscheint vor unseren Augen nur, wenn man sie jeder Hoffnung beraubt, wenn man ihr keinen Ausweg mehr lässt. Wie ein wildes Pferd, das von einem geübten Reiter gezügelt wird. Zwischen Lunge und Herz, dort ist ein geeigneter Platz, dort kann die Seele Gestalt annehmen. Die Sache ist aber nicht so einfach. Wir haben unsere Arbeit getan, aber es ist nicht genug, jetzt seid ihr an der Reihe. Arix wollte euch zum Aufstand führen, er wollte euch um sich versammeln. Nun bitte, ihr seid alle um ihn versammelt, doch auf der anderen Seite der Barrikade. Ich werde ihm den Brustkorb aufschneiden und ihr werdet applaudieren.

Seine Seele ist nur noch einen Schritt von der Gestaltwerdung entfernt, euer Applaus und eure Hochrufe werden ihr helfen, diese letzte Hürde zu nehmen… Wozu die Köche? Das ist leicht zu erklären, man braucht etwas Knoblauch für den Geschmack, fein zerhackt, Pfeffer, Meerrettich, Sauerampfer, nun ja, Innereien zuzubereiten ist etwas Anspruchsvolles. So, ich hoffe, Sie haben jetzt verstanden, worum es hier geht: ich werde Arix' Seele auf-essen. Ich habe es meinen Beratern und Soldaten versprochen, ich werde seine Seele aufessen, im bildlichen Sinne und auch wörtlich. Seine Seele und eure Seele dazu. Man muss die Sache bis zum Ende führen, herrschen muss man entweder richtig oder gar nicht.

…meine Hände und Füße fühlen sich kalt an, mein Kopf ist leer. Ist so etwas möglich? Anscheinend ja. Zweifelsohne ist es das, es spielt es sich jetzt und hier ab. Dass es so viel menschliches Elend geben kann, dass es so weit kommen kann, hätte ich erwarten, ja voraussehen müssen. Doch, dass ich daran teilnehmen werde, dass ich zu denen gehören werde, die… Ich schäme mich schrecklich. Ich hielt mich für einen ehrbaren Menschen, ich glaubte, etwas Mut zu besitzen, glaubte, dass ich mich nicht mit dem Strom mitreißen lasse. Nun stehe ich hier auf der Tribüne, ohne auch nur eine Geste des Widerstands oder der Empörung… Ich werde sogar applaudieren, hoch rufen. Es bleibt mir nichts anderes übrig, als mich zu fügen, alles zu tun, was von mir verlangt wird, so wie alle anderen, wie Vieh. Wozu dann das ganze Theater mit der Aktion am Sonntag auf dem Feld? Ich bin genau so ein Stück Mist wie die anderen. Ja, ich habe Angst, doch größer als die Angst ist der Ekel, der Ekel vor mir selbst…

Der Augenblick ist einzigartig, einzigartig und erhebend. Hier, vor unseren Augen, vor tausenden von Menschen, wird eine Hürde bewältigt, einfach hinweggerissen, beiseite geschafft, als hätte es sie nie gegeben. Was die höchste Wissenschaft nicht erreichen konnte, wird von der genialen Kraft unseres Fürsten erschaffen. Von seinem außerordentlichen Einfühlungsvermögen, seiner genialen Arbeitskraft, seinem scharfen Verstand. Der Beweis ist schon vollbracht, die Fernsehzuschauer können alles genauer erkennen: tatsächlich, dort, zwischen den noch lebendigen Eingeweiden hat jenes geheimnisvolle Etwas Gestalt angenommen – die Seele. Der assistierende Medizinprofessor staunt und mir fällt es auch schwer, die passenden Worte zu finden. Es gibt auch nicht mehr viel zu sagen, dieser Augenblick wird als größtes Ereignis der Gegenwart in unserer Erinnerung bleiben. Wir hatten die große Gelegenheit unmittelbar teilzunehmen… Ja, die Vorbereitungen der Köche sind nun beendet und jene göttliche Nahrung – ich erlaube mir, sie so zu nennen – wird durch geschickte Schnittführung mit dem Skalpell aus dem Körper gelöst und kommt auf die Servierplatte. Jetzt muss es schnell gehen, die Seele muss lebendig verspeist werden, um alle ihre Eigenschaften zu bewahren. Und nun… ja… jetzt… mit dem begeisterten Applaus der Menge, ja… genau in diesem Augenblick… ein einziger Bissen! Die Menge klatscht rasend Beifall, wir klatschen alle mit, es klatschen die Ärzte und die Köche, ein Augenblick der allgemeinen Begeisterung…

….was ist dort los?… der Fürst bewegt seine Hand irgendwie… irgendwie… ich weiß nicht, von hier aus kann ich nicht so genau sehen, was eben passiert, vielleicht hat er sich verschluckt, weil… hm… ja, er hat rote Flecken im Gesicht. Bestimmt wird er sofort zu sich kommen, ja, ja, er wird sofort zu sich kommen, ich sehe, er hält sich die Hand vor dem Magen, wahrscheinlich hat der Knoblauch… Er hat Krämpfe, er windet sich, ist ganz blau angelaufen… und fällt, fällt… und… von hier aus ist es schwer zu sehen, aber es scheint dass er sich gar nicht mehr bewegt.

# AXINTE ZUM STADION

Hurrrrraaaaaaa!!!!!

# WEITERE BÜCHER VON VLAD STANOMIR

Suche, suchen. Mangelndes Vertrauen. Angst, den Weg zu verlieren und genau deswegen, den Weg zu verlieren. Irren, herum irren. Und immer weiter suchen, sich selbst verlieren. Andere gehen direkt auf ihr Ziel zu und sie kommen sofort an. Suchen und finden ist das Thema dieser Parabel.

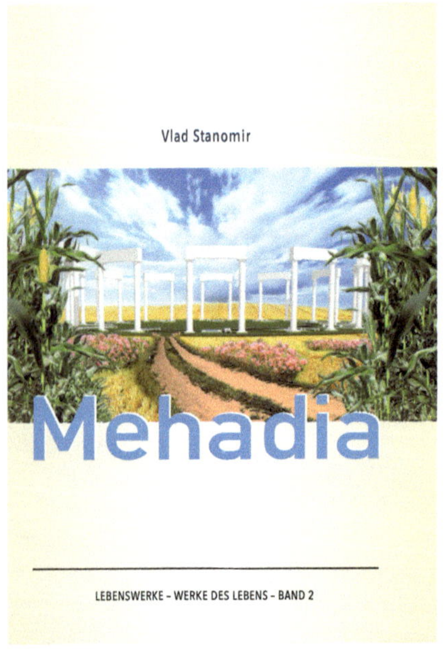


In diesem Buch schildert er scharfsinnig und detailreich den Alltag, die Enge, die Zwänge, die Kontrolle des alltäglichen Lebens und die kleine Fluchten der dort lebenden Menschen. Einfühlsam folgen die Dialoge einer unsichtbaren Choreografie und enttarnen das Leben der Menschen in den 1980er Jahren in Rumänien.

In „Symphonia" verweben sich die Ebenen des Erlebens und Erzählens. Nicht vertraut mit dem Spiel der Ebenen verliert der Leser sich in den einzelnen Fäden der Geschichte, findet kaum den Weg zurück und erfreut sich an Handlungssträngen, die ihm vertraut scheinen. Die Parabel über Margareta, die Sumpfnymphe, die sich sehnlichst den Boiaren Dinu Raduliade wünscht und den Boiaren Dinu Raduliade, der wie besessen versucht, seinen Bauern eine bessere Welt zu bieten.

Der Autor nutzt ein altes Genre, das aus der Wappenmalerei bekannt ist „das Bild im Bild" (mise en abyme) oder auch Verschachtelung. Er spielt mit den Szenen, bildet immer wieder neue Sequenzen mit den Protagonisten. Ein turbulentes Spiel entwickelt sich, in das der Literat (Autor) sich selbst einbringt.

Eine gequälte Seele ist auf der verzweifelten Suche nach sich selbst. Die Verflechtung von Realismus, Mystik und Fantasie bringen im Moment des Versinkens die Erkenntnis der wahren Identität und so die Erleichterung des schweren Daseins. Es bleibt nur das Fazit: Vor der eigenen Verdammnis kann niemand fliehen.

Die endlose Wiederholung pervertiert die Geschehnisse und verstärkt die Gefühle der Verzweiflung und Hoffnungslosigkeit. Ohnmacht macht sich breit. Die Kritik am bestehenden Regime bricht sich seine Bahn.